Traducción: María Lerma

Título original: *Boze draak*
© Editorial Clavis, Amsterdam-Hasselt, 2003
© De esta edición: Editorial Luis Vives, 2010
Carretera de Madrid, km. 315,700
50012 Zaragoza
Teléfono: 913 344 883
www.edelvives.es

ISBN: 978-84-263-7383-0
Depósito legal: Z. 4332-09

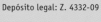 Talleres Gráficos Edelvives (50012 Zaragoza)
Certificados ISO 9001

Impreso en España

Philippe Goossens
Thierry Robberecht

¡Soy un DRAGÓN!

EDELVIVES

Mamá volvió a decir: ¡**No es no!**
Entonces empecé a **REFUNFUÑAR.**
Cuando **REFUNFUÑO,**

cruzo muy fuerte los brazos,

y hago como si no oyera **nada**

y no quisiera decir **nada.**

NO quiero ni sentir las manos de mamá,
aunque me *acaricien* con *suavidad* las mejillas.

Mamá dice que así parezco de PIEDRA.

Es como si estuviera *encerrado* muy *dentro* de esa piedra.

No puedo dejar de REFUNFUÑAR.

¿Cuántas veces me ha dicho mamá
no es no?
¡Eso no es *justo!*
Muy muy dentro siento la **RABIA**
crecer dentro de mí como un fuego *llameante*
y me pongo rojo **ENCENDIDO**.

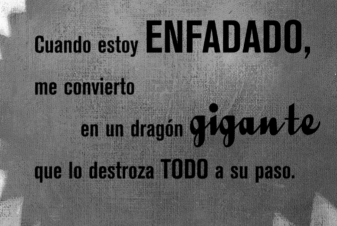

Cuando estoy **ENFADADO,**

me convierto

en un dragón *gigante*

que lo destroza **TODO** a su paso.

La furia *arde* dentro de mí y tiene que salir.

Sin pensarlo ESCUPO

las *palabras más terribles.*

Porque

los DRAGONES NO PIENSAN.

Un dragón **no** tiene *amigos*.

¡Ya no conozco a *nadie!*

Ni a mis peluches

ni a mis juguetes.

A **NADA** de lo que quería

cuando todavía era un niño pequeño.

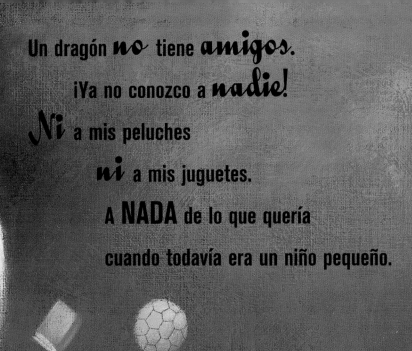

Mamá y papá intentan
cogerme en *brazos*
para que vuelva a ser como antes.
Pero un **DRAGÓN**…
es muy *grande* y muy *fuerte*
y sobre todo muy **MUY PELIGROSO**.

Así que **mamá y papá** se enfadan

mucho conmigo, pero ¡es *inútil*!

Un dragón no oye **nada** ni a **nadie**

y además…

un dragón no habla

el lenguaje de las personas.

Al final me quedo **solo**,

con mi culo **GORDO** de dragón

sobre las *ruinas* de mi cuarto.

Estoy un poco *triste* y me da *vergüenza*. Solo tengo ganas de *llorar*, *llorar* **MUY** fuerte para apagar el fuego que *arde* dentro de mí.

Y cuando **mamá y papá** me dan
un *gran achuchón*,
ya vuelvo a *sentir* sus manos en mis mejillas,
y *oigo* muy bien
sus palabras de *consuelo*.
El **DRAGÓN** ha desaparecido.

He vuelto a ser un *niño pequeño*.

Papá me pregunta:

–¿Por qué estabas tan enfadado,

mi **PEQUEÑO DRAGÓN?**

–Por culpa de **mamá** –contesto.

–¡Ajá! ¿Y qué es lo que pasaba?

Pero ya no me acuerdo...

Lo que sí sé...

es que seguro que había

un *motivo* muy muy *bueno*

para convertirme en **DRAGÓN.**